Андрей Усачёв

ШКОЛА СНЕГОВИКОВ

СКАЗОЧНАЯ ПОВЕСТЬ

Художник Е. Здорнова

Автор образов В. Чижиков

МОСКВА
РОСМЭН
2018

Далеко на севере, где-то в Архангельской или Вологодской области, есть невидимая деревня Дедморозовка. Невидимая, потому что накрыта она волшебным невидимым покрывалом. В этой деревне и проводит большую часть времени Дед Мороз и его внучка Снегурочка. А ещё там живут помощники Деда Мороза — снеговики и снегови́чки.

Как Дед Мороз сделал себе помощников

Зима на север приходит рано. Уже выпал первый снег, и второй, и третий. Перелётные птицы улетели на юг. Звери в лесу готовились к спячке.

Дед Мороз с внучкой сидели за столом и пили чай.

— Чего-то мне не хватает, — сказал дед, задумчиво глядя в темнеющее окно. — Только не могу понять чего…

— Может, варенья? — спросила Снегурочка. — Так я сейчас подложу. Тебе клюквенного или брусничного?

Дед Мороз покачал головой.

— А хочешь блинчиков с мёдом — с липовым или с гречишным?

— Да я не о том, — вздохнул дед. — Ты знаешь, как я люблю детей?

— По-моему, даже слишком, — заметила внучка. — Ты, дедушка, слишком добрый. Подарки всем даришь без разбору — и троечникам, и двоечникам, и даже хулиганам.

Дед то ли не расслышал, то ли сделал вид, что не слышит.

— Внуков мне, наверное, не хватает.

— А я?

— Ты уже выросла. Взрослая стала. Вон деда учишь. А я говорю о маленьких...

Снегурочка с тревогой посмотрела на деда:

— Ты о чём, дедушка?

Дед Мороз подмигнул ей и сказал:

— Есть идея. Завтра увидишь...

На следующее утро Снегурочка выглянула в окно и увидела, как дед скатывает перед домом большие шары из снега.

— Решил я снеговичков слепить, — радостно сообщил он внучке.

— Снеговичков? — удивилась она.

— Будут мне внуки и помощники, а тебе — ученики.

Снегурочку эта новость не обрадовала:

— Зачем мне ученики?

— Затем, что в тебе талант учительский пропадает.

Если дед чего решил, спорить с ним было бесполезно.

— Хорошо, — вздохнула Снегурочка. — Ты лепи снеговиков, а я буду снегови́чек. От этих мальчишек, даже от снежных, сплошной шум и неприятности. А вот девочки тихие и послушные.

— Ну-ну, — хмыкнул дед и засучил рукава.

Лепили весь день. К вечеру пересчитали: получилось 20 снеговиков — 9 девочек и 11 мальчиков.

— Мальчиков всегда больше рождается, — развёл руками Дед Мороз. — Статистика.

На следующий день снеговиков стали одевать. Дед Мороз долго мучиться не стал: одному на голову надел старый чугунок, другому ведёрко, третьему — чайник...

— Чайник-то ещё совсем хороший, — заметила Снегурочка.

— Ничего, у нас ещё один есть, — сказал дед. — И вообще, когда делаешь внуков, главное не жадничать: что в них заложишь, то из них и получится. — И надел одному из снеговиков свои рукавицы. — Этот будет Варежкин, а того назовём Чайниковым!

Снегурочка отнеслась к делу со всей серьёзностью. Для своих снеговичек она притащила из дома кучу вещей: кому достались бусы, кому — платье, кому — фартук, кому — вязаная шапочка. Всё это она старательно подбирала по цвету, размеру и фасону.

Наконец все были одеты. Оставалось самое главное — оживить снеговиков. Дед слазил в погреб и достал оттуда ведро моркови.

Морковь эта, разумеется, была необыкновенная. Дед Мороз выращивал её в своей экспериментальной теплице, и в ней содержалось 33 витамина: А, Б, В, Г, Д... В общем, полная азбука —

от А до Я, включая три волшебных витамина: Ж, Ъ и Ь.

Витамин Ж, как объяснил Дед Мороз внучке, давал жизненную силу, Ъ — твёрдость, чтобы снеговики не рассыпались, а Ь придавал гибкость.

Дед Мороз собственноручно сделал всем носы из морковки: снеговикам — побольше, снегови́чкам — поменьше. Затем стукнул три раза посохом и произнёс волшебное заклинание:

— Снигериус-фимериус, вита-оживита!

Через минуту деревня наполнилась шумом, криками и лаем. Посмотреть на новых обитателей сбежались все собаки. Снеговики получились что надо — ловкие, энергичные. Чугунков с Ведёркиным сразу стали проверять, у кого лоб крепче, а Морковкин и Кроссовкин затеяли игру в снежки и тут же разбили очки снеговику Чайникову. В общем, Дед Мороз был доволен своей работой.

А вот снегови́чки оказались страшно привередливыми. Сразу потребовали зеркало и стали жаловаться: одной казалось, что у неё маленькие глазки, другой — что нос у неё коротковат, а самая полненькая, Шапочкина, хотела непременно стать стройной и возмущалась, почему у неё незагорелые руки и...

— Ну, довольно! — рассердилась Снегурочка. — Если кому что не нравится, отберу морковку и запру в погребе.

Только после этой угрозы жалобы прекратились.

— Я же говорил, что с мальчиками проще, — усмехнулся дед.

— Слыхала, что сказал дедушка? Мы лучше, — заявил толстый Варежкин и дёрнул снеговичку Косичкину за косичку из мочалки.

— Нечего сказать, хороши помощники! — вздохнула вечером Снегурочка. — Стекло в оранжерее разбили — раз, собак разогнали — два, а Пушок вообще залез на печку и из дома не выходит.

— Мяу, — подтвердил кот Пушок с печки. — Безобр-разие!

— Они же маленькие, — сказал Дед Мороз. — Вот пойдут в школу — поумнеют... А когда они наберутся ума-разума, — размечтался он, — я возьму их на новогодние праздники к детям. Как ты думаешь?

— Только самых лучших, — твёрдо сказала внучка-учительница. — А те, кто будет отставать в учёбе и поведении, пускай остаются дома.

Разговор этот подслушал снеговичок Морковкин, который был чрезвычайно любопытным и везде совал свой нос.

— Кончайте заниматься глупостями! — закричал он Кроссовкину и Мерзлякину, которые мерили, у кого длинней морковка. — Дед Мороз собирается к детям на праздники. А тех, кто отстанет, не возьмут!

— Уж я-то точно не отстану, я буду самый первый, — сказал Кроссовкин, который бегал быстрее остальных.

— Я тоже хочу на праздник, — заявил Мерзлякин.

И недолго думая бросился к дому Деда Мороза. Кроссовкин помчался следом, за ним Морковкин, за ними увязалась услышавшая новость снегови́чка Сорокина...

Через три минуты перед домом Деда Мороза выстроилась очередь.

— Я впереди тебя!

— Нет, я!

— Я раньше!

Особенно громко кричали прибежавшие последними снегови́чка Берёзкина и снеговик Варежкин. Толстый Варежкин размахивал руками, стараясь оттолкнуть Берёзкину, но та крепко вцепилась в него и норовила укусить за нос.

Услышав шум и крики, на крыльцо вышел Дед Мороз.

— Что случилось? — удивился он.

Узнав, что снеговики собрались на праздник, дедушка долго смеялся. А затем объяснил, что до Нового года ещё два с половиной месяца и что Снегурочка говорила о тех, кто будет отставать в школе.

— А где будет наша школа? — поинтересовался Морковкин.

— Вон там. — Дед Мороз показал на самую большую избу. — Правда, парты ещё не все готовы…

Он не успел договорить, как сообразительный Морковкин бросился бежать с криком:

— Я буду в школе первый. А вы оставайтесь!

За ним рванули и другие.

— Видишь, какая тяга к знаниям! — засмеялся Дед Мороз и кивнул Снегурочке: — А ты говорила, не хотят учиться!

Как снеговики пошли в школу

К открытию школы Снегурочка готовилась очень основательно. Вымыла в классе полы и окна, повесила новые шторы, расставила в шкафах книги и учебные пособия. Весь вечер накануне будущая учительница составляла расписание уроков, заполняла классный журнал, надписывала тетради... Да так и уснула на кипе тетрадок.

— И в кого она такая ответственная и серьёзная? — вздохнул Дед Мороз, поднимая внучку из-за стола.

— Дедушка, — пробормотала Снегурочка, — я ещё не всё успела...

— Ложись спать! — приказал дед. — Нет ничего хуже невыспавшегося учителя!

Денёк выдался ясный. Снег искрился на солнце. И солнечные зайчики прыгали тут и там, некоторые даже прятались в аккуратно расчёсанной бороде Деда Мороза.

Дедушка и Снегурочка стояли на крыльце избы, над которой была прибита вывеска «Дедморозовская школа № 1». В руках у Деда Мороза был колокольчик, а Снегурочка держала ножницы. Руки у неё слегка дрожали.

— Да не волнуйся ты так, а то ещё бороду мне отрежешь, — шепнул Дед Мороз внучке. — Видишь, они тоже волнуются...

Снеговики стояли перед входом серьёзные и притихшие.

— Дорогие снеговики и снегови́чки! — начал Дед Мороз. — Поздравляю вас с началом учёбы. Все уроки в нашей школе будет вести моя внучка Снегурочка. А я буду ей иногда помогать. Снегурочка, ты хочешь что-нибудь сказать?

— Ребята! Как говорит дедушка, главная ваша задача — это учиться, учиться...

— И веселиться, — добавил Дед Мороз.

— Надеюсь, все вы будете учиться хорошо и станете дедушке добрыми помощниками. Сейчас я перережу эту красную ленточку, и для вас прозвенит первый звонок...

— А можно мне ленточку потом взять? — робко спросила снеговичка Берёзкина.

— Конечно, — растерялась Снегурочка.

— А почему это тебе? — раздался возмущённый голос Угольковой.

— Тише, тише, — вмешался Дед Мороз. — Ленточку мы разрежем и потом поделим между всеми. А сейчас добро пожаловать в школу!

Дед Мороз позвонил в колокольчик, Снегурочка перерезала ленту и...

— Ура-а-а! — Снеговики гурьбою бросились в школу, едва не сбив с ног директора и учительницу.

— Всё у тебя получится, — напутствовал Дед Мороз внучку. — Скажу тебе главный педагогический секрет. Знаешь, что важно в первой учительнице?

— Строгость.

— Совсем не обязательно.

— Знания.

— Не только... — Дед Мороз улыбнулся. — Очень важна красота. Если учительница красивая, её все ученики полюбят. А ты у меня настоящая красавица!

— Скажешь тоже, дедушка, — смутилась Снегурочка. Она поправила косу, а затем сделала строгое лицо. — Мне пора. Ученики ждут. — И скрылась за дверью.

Шум в классе моментально стих.

Дед Мороз подмёл с крыльца снег, прибил над дверью школы колокольчик и подошёл к окну...

— Если кто-то хочет задать вопрос, то должен поднять руку, — услышал он звонкий голос внучки. И увидел, как взметнулся лес рук.

«Учебный процесс пошёл», — подумал он и отправился в город по своим делам.

Вернулся Дед Мороз уже к вечеру.

— Ну, как прошёл первый день? — поинтересовался он, снимая валенки.

— Хорошо, — вздохнула Снегурочка. — Только не совсем...

— Почему не совсем?

— За три урока выучили всего одну букву. И то не все.

— Странно, — удивился дед. — А мне казалось, что они сообразительные.

— Девочки ещё ничего. А мальчишки сразу стали рисовать карандашами где ни попадя. А Чайников развинтил парту, и она рухнула посреди урока... Говорит, ему интересно, как она устроена.

— Значит, им интересно и рисование, и техника. Это хорошо!

— А Морковкин уже на первом уроке спросил: «А зачем вообще нужно учиться?»

— Ну и что же ты ему ответила?

— Тех, кто будет хорошо учиться, Дед Мороз возьмёт с собой на новогодние праздники. Лучшие ученики будут помогать ему разносить подарки детям!

— Правильно ответила.

— А он спросил: «А тот, кто будет плохо учиться?»

— А ты что?

— Я ему говорю: «Кто будет плохо учиться, останется в деревне и будет кормить собак». А он мне говорит: «Так бы сразу и сказали. А можно, я пойду кормить собак!» Представляешь, дедушка?

— Представляю. Значит, он интересуется животными…

— Лучше бы он учёбой интересовался. А его сосед по парте, Варежкин, только одним интересовался: «А будут отличникам мороженое давать?»

— Молодец Варежкин! — воскликнул Дед Мороз.

— Почему? — обиделась Снегурочка.

— Потому что он подсказал прекрасную педагогическую идею.

Весь вечер Дед Мороз над чем-то колдовал у себя в мастерской. А на следующий день появился на уроке с большим ящиком, из которого валил пар.

Снегурочка заранее нарисовала на доске весь алфавит.

— Какая это буква? — Она показала указкой на букву «А».

Руку подняла Косичкина:

— Это буква «А». С неё начинаются слова «антилопа», «абажур», «автобус»…

— И ананасовое мороженое. — Дед Мороз достал из ящика небольшую упаковку, на которой

было написано «Ананасовое мороженое», и вручил его Косичкиной.

Класс ахнул.

Снегурочка показала указкой на букву «Б»:

— Это буква «Б». С неё начинаются слова «бегемот», «барабан», «булка»...

— И банановое мороженое! — завопил, вскакивая, снеговичок Варежкин.

— До чего сообразительный ученик! — усмехнулся Дед Мороз и полез в ящик.

— Следующая буква «В», — сказала Снегурочка. — Но попрошу никого с места не вскакивать, а поднимать руку, как я вас учила...

Дожидаться конца урока дед не стал. Ящик был большой. А учительница неплохо справлялась и без посторонней помощи.

— Ну, как успехи? — поинтересовался он на следующий день.

— Отлично! — улыбнулась Снегурочка. — Они выучили весь алфавит. Сегодня начали читать. Только Варежкин недоволен...

— Почему? Мороженого не хватило?

— Возмущается, что в русском языке мало букв!

— Вот видишь, какие успехи, — засмеялся Дед Мороз. — Я всегда считал, главная задача школы — привить вкус к учёбе!

АБВГДЕЁ
ЖЗИЙКЛМ
НОПРСТ
УФХЦШЩ
ЪЫЬЭЮЯ
ДЕДМОРО

Как Морозовка стала Дедморозовкой

Если посмотреть на карту, то можно увидеть на ней десятки, а может быть, и сотни разных Морозовок. Вот и родовая деревня Деда Мороза с незапамятных времён называлась Морозовкой. Но была переименована и получила новое название по чистой случайности. Точнее, из-за ошибки снеговичков. А случилось это так…

С давних пор при въезде в деревню стоял столб с прибитой к нему доской: «Дер. Морозовка». И вот однажды сильный ветер повалил столб, и доска раскололась.

— Что ж, всему свой срок, — вздохнул Дед Мороз. И дал помощникам задание сделать новый дорожный знак.

Задание было несложное. Табличку выпилили из куска фанеры, прибили к ней крепкий дубовый колышек. А снеговичка Косичкина, у которой был лучший в школе почерк, стала писать:

Дер. Морозовка

Сначала она написала это карандашом. А затем стала обводить буквы краской — синей и красной. Но в этот момент снеговички Ведёркин и Чугунков сцепились из-за того, чья очередь кормить лошадей.

— Моя! — кричал Ведёркин.

— Нет, моя! — отвечал Чугунков.

Ведёркин стукнул Чугункова по чугунку, а тот в ответ заехал Ведёркину по шее, да с такой силой, что ведёрко упало и покатилось. Следом за ним покатились и оба снеговичка — и прямо Косичкиной под ноги. Косичкина взмахнула кистью и упала. На пол полетели и фанерка, и баночки с краской.

Наконец драчунов разняли. У Ведёркина от синей краски появилась под глазом клякса, похожая на синяк. А у Чугункова на лбу красовалось здоровенное пятно, как будто в него попали помидором.

— Так вам и надо, — сказала Косичкина. Она подняла фанерный указатель и... ахнула. На нём было написано:

Дедморозовка

— Да! — хмыкнул снеговичок Чайников. — Отличница, называется!

— Это всё из-за них, — чуть не плача, сказала Косичкина, показывая на Чугункова и Ведёркина.

— А что мы?! Что мы?! — закричали Чугунков и Ведёркин.

— Вот Снегурочка увидит, тогда будет вам ЧТО, — заметил ехидный снеговичок Мерзлякин.

Все замолчали. Снегурочка была строгой, и ученики её побаивались. До конца урока

в мастерской стояла тишина, как будто все набрали в рот снега. Наконец в классе появились Снегурочка и Дед Мороз.

— Хорошая работа, ничего не скажешь, — поглядев на табличку, сказала Снегурочка. — Учишь их, учишь...

— Это меня толкнули, — пожаловалась Косичкина.

— Мы переделаем, — забормотали Чугунков и Ведёркин. — У нас ещё кусок фанеры есть!

— А мне нравится, — неожиданно сказал Дед Мороз. — По-моему, смешно. И оригинально. Морозовок много. А это — Дедморозовка. Пусть так и останется: Дедморозовка!

И он захохотал. За ним засмеялись и остальные.

— Ты, дедушка, совсем как маленький, — нахмурилась внучка. — Непедагогично допускать такие ошибки...

Но дед стоял на своём:

— Бывают и очень удачные ошибки. Помнишь, как лет двадцать назад я одной девочке вместо куклы подарил лук...

— И что? — спросила Снегурочка.

Дед Мороз сделал паузу.

— И что случилось? — заинтересовались снеговички.

— А то, что она стала чемпионкой мира по стрельбе из лука!

Пока снеговики вкапывали столбик с новым указателем, Дед Мороз глядел на своих помощников и радовался:

— Дедморозовка! Я бы такого не придумал. Всё-таки хорошо, что мы их слепили... Или я не прав?

— Прав, — сказала Снегурочка. — Только зря ты им про лук сказал.

— Почему? — удивился дед.

— Надо было сначала погреб закрыть.

— Зачем?

— Потому что они глупые, потаскают оттуда весь лук и будут стрелять.

«Отличная идея! — подумал стоявший неподалёку снеговичок Морковкин. — А то всё снежки, да снежки, да сосновые шишки. А я буду первым стрелком из лука...»

И, прячась за сугробами, по-пластунски пополз в сторону погреба.

Как Морковкин поймал зайца

В Дедморозовке обитало множество самых разных животных. В просторной конюшне за домом жили три белых коня: Декабрь, Январь и Февраль. Дед Мороз всячески заботился о них и кормил отборным овсом и пшеницей. Ведь в Новый год его тройке приходилось проделывать не одну тысячу километров. Впрочем, иногда случались такие снежные зимы, что даже волшебные кони начинали проваливаться в снег. Тогда дедушка пересаживался на собачью упряжку — нарты.

Собак в деревне было много. Дед Мороз особенно любил лаек. А Снегурочке больше нравились дворняжки. Она подбирала брошенных людьми собак и считала, что дворняжки самые преданные и умные в мире существа.

Ещё в избе Деда Мороза жил кот Пушок, на редкость изнеженный и избалованный. Собаки терпеть не могли Пушка, но не трогали его: кот был любимцем Снегурочки и чуть что — сразу жаловался хозяйке. К Деду Морозу Пушок относился с должным уважением, но тёрся о его валенок, только когда дед возвращался с рыбалки.

Были в деревне и птицы: голуби, синички, сороки... На конюшне обитало многочисленное воробьиное семейство. А в амбаре — полярная сова Гага. Давным-давно Дед Мороз подобрал её ещё птенцом и выкормил. С тех пор сова ловила в амбаре мышей и сообщала деду все птичьи новости.

В лесу рядом с Дедморозовкой водились и другие звери: белки, соболи, зайцы, лисы. Но в деревню они не заходили — боялись собак. Исключение составлял только наглый заяц Федька, регулярно наведывавшийся в огород: летом он воровал у Деда Мороза капусту, а зимой обдирал молодые яблони.

Собаки, как ни злились, а поймать Федьку не могли. Чтобы заяц не повредил кору, Снегурочка обёртывала стволы яблонь старыми полиэтиленовыми пакетами, да только без толку...

— Ну и хитрец этот Федька, — говорил дед, — опять собак провёл... И ещё все пакеты стянул.

Как-то на прогулке Дед Мороз и снеговики встретили зайца.

— Смотри, поймаю — уши надеру! — пригрозил ему Дед Мороз.

— Не надерёшь! — нагло сказал Федька.

— Это почему? — удивился дед.

— Потому что ты добрый, — ответил заяц. — Это во-первых. А во-вторых, не поймаешь.

— Ты как разговариваешь с дедушкой?! — возмущённо зашумели снеговики.

Но Федька стал дразниться, что отберёт у них морковки и съест. После чего дал стрекача.

Снеговики быстро перезнакомились со всеми обитателями Дедморозовки.

Характер у коней был норовистый, особенно у Декабря, которого помощники деда прозвали Дикарём. Но и он сменял гнев на милость, когда кто-нибудь из снеговиков приносил ему кусок сахара.

Помощники так рвались на конюшню, что Снегурочке пришлось установить очерёдность: кому кормить лошадей.

Особенно старались два приятеля — Ведёркин и Чугунков. Но, как ни странно, лошади лучше относились к снегови́чкам.

— Не понимаю, — пожаловался Чугунков другу, — я Февралю пол-яблока принёс и Берёзкина — пол-яблока. Так он почему-то сначала у неё взял, а потом — у меня.

— Это потому, что ты с лошадьми не умеешь обращаться! — сказала Берёзкина.

— Это кто не умеет? Это я не умею?! — возмутился Чугунков.

— Конечно. Кто же гриву так дерёт?! Надо сначала распутать все узелки, потом аккуратно расчесать, а потом ленту вплести... Научись сначала расчёской пользоваться.

— Очень мне нужна твоя расчёска, — буркнул Чугунков. — Я не девчонка какая-нибудь.

— А лошадям нужна, и ленты они любят, потому что понимают в красоте, не то что некоторые! — отрезала Берёзкина.

Зато с собаками снеговики сразу же нашли общий язык: и те и другие любили поиграть, побегать наперегонки по деревне, а иногда тайком сбегали в лес — погонять по деревьям белок.

Дважды в день — утром и вечером — помощники Деда Мороза кормили собак. У каждой была своя миска с написанным сбоку именем, и, пока снеговики не научились читать, часто возникала неразбериха...

— Сегодня Кастрюльников опять перепутал миски Дружка и Джека, и собаки подрались, — назидательно говорила Снегурочка. — А вы говорите, для чего нужна грамотность?

Снеговичок Морковкин забегал в собачий городок каждую свободную минуту. Особенно он подружился со старой охотничьей лайкой Пиратом. Пират носил на глазу чёрную повязку, из-за чего и получил своё прозвище. Он знал повадки и уловки всех лесных зверей.

— А это след от когтей медведя? — с восхищением спрашивал Морковкин, разглядывая шрам на груди Пирата.

— Это — медведь, а вот это — барсук! — Старый пёс вспоминал, как однажды вытащил барсука из норы.

Пират, хоть и был старым, тосковал по охоте. Но Дед Мороз строго-настрого запретил охотиться.

— Вообще-то дед у нас справедливый и кормит хорошо, — вздыхал Пират. — Но иногда так хочется...

Когда приносили еду, Пират не толкался, а с достоинством дожидался своей очереди. На Пушка он никогда не лаял и вообще не реагировал. А если ему кто-нибудь не нравился, бросал всего одну фразу:

— Я бы с таким на охоту не пошёл!

К другим собакам Пират относился снисходительно.

— Молодые! — вздыхал он, глядя на игры собак и снеговиков. — Им бы только, высунув языки, за палкой бегать. А зайца изловить не могут!

— Это ты про Федьку? — спрашивал Морковкин.

— Про него. Бывают такие умные зайцы. Будь я помоложе, я бы его мигом отучил по чужим садам лазить.

Морковкину льстило общение с Пиратом. И он твёрдо решил поймать зайца. Через несколько дней, когда Снегурочка обнаружила в саду заячьи следы и стала распекать собак, он во всеуслышание объявил, что поймает Федьку.

Никто ему, конечно, не поверил. Но после школы Морковкин взял беличью кормушку, моток верёвки и решительным шагом направился к лесу.

— Ну и на что ты собираешься его поймать? — крикнул ему вслед снеговичок Мерзлякин. — На собственную морковку? Или на семечки для белок?

Все засмеялись. Однако Морковкин решил вести себя достойно и дать Мерзлякину по шее после того, как вернётся с добычей.

Придя в лес, Морковкин остановился на опушке, где было особенно много заячьих следов. Сделав широкую петлю, он замаскировал её в снегу, а другой конец верёвки закинул на толстую ветку стоявшей рядом сосны. Затем с кормушкой забрался на сосну и стал громко и фальшиво распевать: «В лесу родилась ёлочка». Выглядело это так, будто снеговичок собирался привязать к стволу кормушку для белок. Но при этом у него ничего не выходило: то он упускал верёвку из рук, то чуть не ронял кормушку. А услышав неподалёку хруст, снеговичок нарочно стукнулся носом о соседнюю ветку, и морковка упала в снег…

— Эй, растяпа! — послышалось снизу. Рядом с сосной стоял Федька и нахально улыбался. — Я уже полчаса за тобой наблюдаю...

— И что тебе надо? — спросил Морковкин.

— То, что ты потерял!

— Не трожь мою морковку! А то уши надеру! — закричал снеговичок.

— Ой, испугал! Была твоя — стала моя! — Заяц одним прыжком подскочил к морковке.

Морковкин только этого и ждал. Он что есть силы дёрнул за верёвку — петля затянулась, и Федька повис на ветке вниз головой.

Снеговичок неторопливо спустился с дерева, вставил морковку на место и крепко схватил зайца за уши.

— Ты что собираешься делать? — испуганно заверещал Федька.

— Для начала надеру тебе уши, как и обещал...

— А потом? — вздрогнул заяц, кося на него глазом.

— А потом отнесу тебя в деревню и отдам собакам или Снегурочке... на шапку, — пошутил снеговичок.

Заяц затрясся всем телом, и из глаз у него скатилась крупная слеза, затем другая...

Морковкин уже представлял, как появится в деревне с охотничьим трофеем, и как покажет всем свою добычу, и с каким уважением на него посмотрит Пират, и другие собаки, и снеговички… И вдруг ему стало очень жалко Федьку. Так жалко, что он сам чуть не заплакал.

— Ладно, не реви! Отпущу тебя, если обещаешь больше не лазить в сад и в огород!

— Обещаю, честное слово, — залопотал заяц.

Морковкин вздохнул и отпустил верёвку. Федька высвободился из петли и бросился бежать.

— Эй, — крикнул ему вдогонку снеговичок, — никому не говори, что я тебя отпустил!

— Не скажу, — послышалось из кустов. И Федька исчез.

— Нахальные же эти зайцы! Хоть бы спасибо сказал, — вздохнул снеговичок.

— Ну что, поймал зайца? — ехидно спросил Мерзлякин, когда Морковкин вернулся из леса.

— Поймал.

— И где он?

— Вырвался, — сказал Морковкин. Не мог же он сказать, что отпустил Федьку.

— И как он вырвался?

— Я его держал за уши, а он ударил задними лапами и сбежал…

— Ударил лапами? Врёшь ты всё!

— А может, и не врёт. Я сам видел, как заяц ударом задних лап разодрал волку морду и убежал. — Пират подошёл к Морковкину, понюхал его и сказал: — Он говорит правду. Он действительно держал зайца. Мой нос не обманешь!

Остальные собаки тоже обнюхали Морковкина и сконфуженно заявили:

— Точно. Пахнет Федькой.

Снеговики стали извиняться за то, что смеялись над ним.

А Пират положил Морковкину на грудь лапу и сказал:

— Эх, был бы я помоложе… Я бы с тобой пошёл на охоту!

Морковкину было очень стыдно, что он обманул старого пса. Несколько дней он мучился и, наконец не выдержав, сознался другу в том, что отпустил зайца.

— Не переживай, — сказал Пират. — Ты всё правильно сделал. Настоящий охотник никогда не охотится ради забавы… Только не все это понимают! — И он подмигнул Морковкину единственным голубым глазом.

А Федька сдержал слово и больше в саду не появлялся. Правда, иногда Морковкин встречал его в лесу. И когда никто не видел, подбрасывал зайцу то капустный лист, то свёклу, то ещё какой-нибудь огородный деликатес.

Как снеговики делали леденцы

Одним из самых важных предметов в школе считался труд. На уроках труда снеговики делали кормушки для птиц и зверей, лыжи, санки, коньки, деревянные игрушки. Обычно занятия Дед Мороз проводил в одной из мастерских. Но в тот день он вывел учеников на улицу и подвёл к огромному сугробу, который заготовил накануне.

— Сегодня у нас очень важный и ответственный урок, — сказал Дед Мороз. — Мы будем делать подарочные новогодние леденцы.

Снегурочка развязала мешок и достала оттуда формочки.

— Мы что, маленькие, что ли, куличики лепить? — обиделся Чугунков.

— А зачем их вообще делать? Вон наломать сосулек с крыши — и все леденцы! — Морковкин

уже собрался лезть на берёзу. Но Дед Мороз осадил его:

— Не торопись, торопила! Я же сказал: это необычные леденцы. Из сладкого снега. Всё, что вы сегодня сделаете, войдёт в подарочные наборы, которые я отвезу детям.

— Ух ты! И вправду сладкий, — лизнув снег, сообщил снеговичок Варежкин.

За ним к сугробу бросились и остальные.

— Отставить! — приказал Дед Мороз. — Если будете есть много сладкого, рот слипнется! Снегурочка, покажи нашим помощникам, как делают леденцы.

Снегурочка набила формочку снегом, вставила в неё палочку и залила сверху малиновым сиропом из бутылки. Через минуту леденец застыл. И она вытащила из формочки малинового петушка.

— Прямо как живой, — сказала восхищённая Беломухина.

— Кукареку! — закричал петушок голосом Чугункова.

И все засмеялись.

Снеговики быстро расхватали формочки и принялись за дело. Формочки были разные: петушки, белочки, зайчики. Кто-то отливал сердечки, кто-то — колокольчики…

Аккуратная Косичкина считала готовые леденцы, сортировала их и складывала в большую картонную коробку.

Похвалив учеников, Дед Мороз отправился в мастерскую, а присматривать за снеговиками оставил внучку.

На перемене Снегурочка разрешила всем взять по леденцу. Но некоторым этого показалось мало, и на следующем уроке кое-кто тайком запихнул себе за щёку ещё парочку.

Особенно отличился Варежкин: мало того что он съел килограмма два сладкого снега, так ещё умудрился запихнуть в себя не меньше тридцати леденцов.

— Смотри, слипнешься, — сказала ему снеговичка Шапочкина, работавшая рядом. — Дедушка Мороз ведь предупреждал...

— Детям, значит, можно, а нам нельзя? — хмыкнул Варежкин. — Тебе просто завидно! — и показал снеговичке чёрный от ежевичного сиропа язык.

К концу второго урока сугроб закончился, а три большие подарочные коробки были доверху набиты леденцами.

— Молодцы! — похвалила учеников Снегурочка. — Всем пять.

— Леденцов? — спросил Варежкин, но скорее из жадности. Он чувствовал лёгкую тошноту, и сладкого ему уже не хотелось.

Учительница внимательно посмотрела на снеговичка, но ничего не сказала.

Следующим уроком была математика. Проходили вычитание. Снегурочка диктовала задачу про белок:

На сосне сидели белки
И бросали вниз тарелки:
Три разбили из восьми —
Три тарелки отними!
Сколько тарелок
Осталось у белок?

— Восемь минус три будет пять! — бойко сообщил Чайников.

Чайников считался самым умным учеником. И его всегда спрашивали первым.

— Молодец, Чайников! Пять, — сказала Снегурочка.

На сосне сидели белки
И бросали вниз тарелки:
Четыре разбили из восьми —
Четыре тарелки отними!

— От восьми отнять четыре будет... — задумалась снеговичка Уголькова. — Будет четыре.

— Хорошо, Уголькова, садись!

На сосне сидели белки
И бросали вниз тарелки:
Пять разбили из восьми...
Пять тарелок отними!

Варежкин! Сколько осталось тарелок? — неожиданно спросила Снегурочка.

Варежкин хотел ответить, но почувствовал, что не может. Рот у него не открывался, а язык словно прилип...

— Ну, Варежкин, задача совсем простая.

Сидевший впереди Морковкин показал Варежкину три пальца. Однако снеговичок не мог произнести ни слова.

— Плохо, Варежкин, — нахмурилась Снегурочка. — Два!

— Не два, а три, — хотел ответить Варежкин. Но только промычал.

«Слипся!» — с ужасом подумал он.

Когда прозвенел звонок, Варежкин выскочил из класса, бросился на улицу и стал тереть рот свежим снегом.

К нему подбежал Морковкин:

— Ты что?! Я тебе показывал-показывал — три!

— Я и так тру, — с трудом пробормотал Варежкин.

В тот день, как назло, было четыре урока. На последнем Варежкин почувствовал, как у него начинают слипаться глаза... Он отчаянно сопротивлялся, но ничего не мог поделать и заснул. Снеговичку приснилось, что он оказался в лесу, а вокруг собрались леденцовые зайцы, белки, медведи. Они показывали на него лапами и кричали:

«Варежкин! Ты влип!»

А он стоял, как пень, и не мог пошевелиться.

— Варежкин! — послышался голос Снегурочки.

Снеговичок с трудом разлепил глаза и увидел, что все смотрят на него. Он хотел подняться с места, но почувствовал, что прилип. Варежкин засопел, закряхтел и с трудом оторвался от стула.

— Прямо старичок-снеговичок какой-то! — сказала учительница.

Все засмеялись.

— А ты, случайно, не заболел?

Варежкин помотал головой.

— Садись! Боюсь, при таком отношении к учёбе, Варежкин, каникулы тебе придётся провести в деревне.

Шум в классе мгновенно утих. Самым страшным наказанием для снеговичков было остаться на Новый год в Дедморозовке, в то время как остальные поедут с Дедом Морозом развозить детям подарки.

Впрочем, это были ещё не все испытания, выпавшие на долю несчастного Варежкина. В этот день по графику он должен был кормить животных: сначала собак, а потом лошадей. Когда снеговичок вынес собакам еду, они стали радостно лизать его...

«Вот как меня любят, — подумал Варежкин. — Собаки умные, они понимают, что я добрый. Не то что некоторые».

— Смотрите, какие косточки я вам принёс, — сказал он, снимая с кастрюли крышку.

Но собаки, не обратив на еду никакого внимания, продолжали жадно облизывать снеговичка — и лицо, и руки, и живот...

А лайка Фуфайка стала лизать Варежкину спину. И тут до него дошло: «Это потому, что я сладкий. Они же меня всего излижут. От меня пустое место останется...»

— Караул! — закричал Варежкин и, бросив кастрюлю, пустился от собак наутёк. Лошадей он кормить не пошёл. Встретив Чугункова, предложил ему.

— Вот спасибо, — обрадовался Чугунков. — Ты настоящий друг! Хочешь? — Чугунков достал из кармана малинового петушка. — Я припрятал одного...

Варежкин в ужасе помотал головой.

В эту ночь он спал стоя, боясь приклеиться к кровати. И не без причины: ещё несколько дней снеговичок прилипал к разным предметам. Но потом всё прошло. И Варежкин успокоился. И даже иногда жалел, что не взял у Чугункова петушка. «Мог бы и припрятать, — думал он. — А теперь жди до следующего года!»

История с географией

Снеговики ходили в школу уже две недели. Снегурочка занималась с ними чтением, письмом, математикой, рисованием и другими интересными предметами. Но больше всего помощникам Деда Мороза нравились в школе перемены.

— Я только одного не понимаю: почему уроки длинные, а перемены короткие? — говорил Морковкин. — Лучше бы было наоборот!

— Верно, — соглашался с ним Кроссовкин. — А то только разыграешься, и сразу звонок.

На переменах снеговики выбегали во двор и играли в салки, чехарду, снежки. А в выходные Дед Мороз съездил в город и привёз им волейбольный мяч.

Ученикам так понравилась игра, что Снегурочке приходилось по нескольку раз давать звонок.

— Если будете опаздывать на уроки, мяч отберу, — пригрозила учительница.

И как сглазила.

На следующий день, на первой же перемене, снеговичок Ведёркин с такой силой ударил по мячу, что мяч долетел до забора, напоролся на ржавый гвоздь и лопнул.

Снеговики накинулись на Ведёркина.

— А что, я, что ли, вбивал этот гвоздь?! — оправдывался Ведёркин.

Мяч пытались надуть, но он тут же сдувался. Настроение у всех было испорчено.

Однако на следующей перемене Морковкин заметил в шкафу разноцветный мяч, стоявший на подставке. Мяч этот был твёрдым и крутился на железном пруте.

— Смотри, — позвал он снеговичка Чайникова.

Чайников с минуту подумал, открутил гайку и снял мяч с подставки. Разноцветный мяч был тяжелее и, хотя в нём было две дырочки, почему-то не сдувался.

Мяч вынесли во двор. И игра закипела с новой силой. Ученики не услышали, как вышла Снегурочка со звонком.

— Безобразие, кто взял глобус? — возмутилась учительница.

— Какой глобус?

— Вот этот!

— Какой же это глобус, когда это мяч! — возразил Морковкин.

— Вам только дай волю, всю землю перевернёте, — в сердцах сказала Снегурочка.

Вернувшись в класс, она водрузила «мяч» на подставку, но убирать в шкаф не стала.

— Сегодня мы познакомимся с новым предметом, который изучает нашу Землю и называется — география. А этот, с точки зрения Морковкина, мяч называется глобусом!

— Откуда я знал?.. — буркнул Морковкин.

— Это маленькая модель Земли, только она во много раз меньше настоящей. На глобусе можно увидеть разные страны и города, реки и горы, материки и океаны...

— А нашу Дедморозовку тоже можно увидеть?

— А речку Урожайку?

Ученики вытянули шеи, словно надеялись увидеть и деревню, и школу, и самих себя. Но, понятно, ничего не увидели.

— А почему этот хлопус вертится? — поинтересовался Котелков.

— Не хлопус, а глобус!

Снегурочка объяснила, что планета вертится вокруг Солнца и вокруг своей оси. Поэтому на Земле бывают лето и зима, день и ночь...

— Странно, если она вертится, тогда почему у нас голова не кружится? — засомневался Чайников.

— У меня кружится, — сказала Уголькова. — Иногда так закружится...

— А ты перед зеркалом меньше крутись! — посоветовал ей Варежкин.

Уголькова больше других снеговичек следила за своей внешностью и каждую свободную минуту проводила у зеркала в раздевалке.

— Тихо, — сказала учительница.

Снегурочка стала рассказывать ученикам о разных удивительных вещах: о бескрайних солёных океанах и пустынях, в которых совсем нет воды, о деревьях, на которых растут огромные орехи, о слонах, у которых хобот-нос достаёт до земли, о странах, в которых живут летающие белки и сумчатые зайцы…

— Наверное, капусту с огородов сумками таскают! — заметил снеговичок Мерзлякин.

— А почему все океаны солёные, а сладких океанов нет?! — возмутился Варежкин.

Но больше всего снеговиков удивило, что есть такие страны, где совсем не бывает зимы и снега.

— И как там люди живут?

— И снеговиков там нет?

— А Новый год у них есть?

Ученики снова зашумели. Снегурочка улыбнулась:

— География — очень интересный предмет. А теперь скажите мне: для чего она нужна?

Класс задумался.

— Наверное, — подняла руку Берёзкина, — чтобы знать, куда ходить не надо, чтобы не растаять.

Все засмеялись.

— Хороший ответ, — сказала Снегурочка. — Представьте, что в Новый год вы поедете с Дедом Морозом в разные города. И кто-нибудь из вас потеряется... Что вы тогда будете делать?

Все молчали.

— А если вы будете знать географию и где какой город находится, то не заблудитесь и сможете вернуться домой!

Уроки закончились. Ученики разошлись по своим делам. А снеговичок Морковкин решил вернуться в школу и поискать на глобусе Дедморозовку. Когда он зашёл в класс, там стоял Чайников и задумчиво крутил глобус.

— Я вот думаю, — сказал он, — если Земля крутится, а мы возьмём и подпрыгнем — Земля за это время укрутится вперёд, а мы, когда приземлимся, окажемся в другом месте. — Чайников поправил очки. — Надо провести эксперимент.

Морковкину идея понравилась. И они отправились в поле, чтобы во время прыжка не наткнуться на забор или ещё на что-нибудь. Но пока они шли, Морковкину вдруг стало боязно:

— Послушай, Чайников! А если мы подпрыгнем и окажемся на безлюдном острове или в пустыне?

— Я об этом думал. Тогда мы пропрыгаем ещё несколько раз. И в конце концов окажемся в Дедморозовке. Земля-то круглая!

— Ладно, — махнул рукой Морковкин. — Прыгаем на счёт три!

Снеговики взялись за руки, зажмурились и, досчитав до трёх, подпрыгнули. Но где были, там и остались.

— А может, Снегурочка всё выдумала? — засомневался Морковкин.

— Не думаю. Просто мы низко прыгнули, и Земля за это время не успела повернуться. Вот если прыгнуть высоко...

— С трамплина, — пришло в голову Морковкину.

Два дня назад на берегу реки Урожайки снеговики начали делать трамплин, но не докончили.

— Хорошая идея!

Морковкин и Чайников отправились в деревню за лопатой и санками. Через час трамплин был готов. Испытатели сели в санки и покатились с обрыва...

У-ух! Сани взлетели высоко в воздух.

Когда Морковкин открыл глаза, то с удивлением обнаружил себя на другой стороне реки.

— Ура! Получилось! — закричал снеговичок.

Рядом лежали перевёрнутые санки. А Чайников ползал по снегу и искал очки. Вскоре они нашлись метрах в десяти от места приземления.

— Очки упали в другом месте, — сказал Чайников. — Значит, она вертится!

Снеговички возвращались в деревню.

— А представь себе, если подпрыгнуть ещё выше, куда можно попасть?! — размышлял Чайников. — Я вот думаю, если найти хорошие пружины и приделать их к валенкам, то можно будет проскакать всю Землю!

«Тогда и географию не нужно учить, сами всё увидим!» — подумал Морковкин.

Снеговичок был счастлив. Дед Мороз не раз говорил, что у каждого есть талант, просто не все могут его найти. Вот Чайников хочет стать изобретателем, Кроссовкин — спортсменом, а снеговичка Беломухина пишет стихи... Но теперь и у Морковкина появилась настоящая мечта — стать путешественником!

Снежный душ

На краю Дедморозовки, на откосе, стояла русская баня. Некоторые думают, что Дед Мороз не любит тепла. Ничего подобного! Не реже раза в неделю он жарко протапливал баню и парился в ней сразу тремя вениками — берёзовым, дубовым и еловым. Правда, после этого дедушка вылетал из бани распаренный и красный как рак и прыгал в огромный, специально взбитый сугроб… И оттуда с шипением вылетало белое облако пара.

Снеговики были просто в восторге от этого зрелища.

— Вот какой у нас дедушка! Ни в воде не тонет, ни в огне не горит, ни в бане не тает!

— Дедушка, а для чего ты ходишь в баню? — спрашивали они.

— Для здоровья, — отвечал Дед Мороз. — И долголетия.

— А сколько тебе лет?

— Не помню, — хитро улыбался Дед Мороз. — То ли девятьсот тридцать девять, то ли девятьсот девяносто три... Позабыл уже. Вы у Снегурочки спросите.

— Откуда же она знает, когда она моложе тебя? — засомневался снеговичок Чайников.

— Снегурочка всё знает. Она же учительница.

Всего Снегурочка, конечно, не знала. Но говорила, что сила и здоровье у дедушки не только от волшебства, но и от зарядки.

Каждое утро Дед Мороз бегал босиком по снегу три круга вокруг деревни. Затем делал приседания и другие упражнения. А в конце обтирался снегом или обливался холодной водой из кадки и громко фыркал.

Снеговички решили брать с него пример. Правда, принимать душ им не разрешалось. Но что касается всего остального — они тоже стали бегать по утрам, приседать, обтираться и фыркать.

— Фыркают, прямо как лошади! — глядя на мальчишек, морщила нос Уголькова.

Снегови́чки делать зарядку ленились. Они считали, что красота важнее здоровья. И по целому часу заплетали косички. А кое-кто тайком от Снегурочки натирал щёки свёклой, чтобы выглядеть румянее.

Только Шапочкина не отставала от мальчишек.

— А ты чего за нами бегаешь? Шла бы мазалась свёклой! — сказал ей снеговичок Чугунков.

Шапочкина, не говоря ни слова, так врезала Чугункову, что тот отлетел на три метра, потерял чугунок и больше вопросов не задавал.

Как-то снеговики отправились в лес ставить кормушки для птиц и белок. Кормушки привязывали к дереву верёвкой и насыпали в них семечки, сушёные грибы и ягоды.

Морковкин, самый ловкий из снеговичков, вскарабкался на ель и стал приспосабливать кормушку.

— Ниже... нет, выше... левее, правей... — командовал Ведёркин, которого назначили старшим. — Правей, кому говорю, балда!

— Сам балда! — разозлившись, Морковкин топнул ногой — и с ветки на Ведёркина посыпался снежный дождь.

Морковкин думал, что тот начнёт ругаться и вопить, но вид у Ведёркина был очень довольный:

— Класс! Прямо снежный душ! Тряхни-ка вон ту ветку.

— Отойди, теперь я! — сказал Чугунков, отталкивая приятеля.

И Морковкин тряхнул соседнюю ветку.

— А теперь я!

— Нет, я!

Снеговички по очереди вставали под душ, пока Морковкин не обтряс всю ель.

На следующем дереве снежный душ устраивал Ведёркин.

На третье забрался Чугунков. Но успел тряхнуть только две ветки, как по чугунку вдруг кто-то постучал. На голове у снеговичка сидел дятел:

— Деревья-то без снега замёрзнут — соображать надо!

Повесив все кормушки, помощники Деда Мороза пошли в деревню. И тут снеговичку Чайникову пришла в голову идея:

— А что, если на крышу сарая поднимать вёдра со снегом и высыпать его сверху? Получится домашний душ. Не надо даже в лес ходить.

— Гений! — сказал Ведёркин и хлопнул изобретателя по чайнику.

Деду Морозу идея тоже понравилась.

После школы Чайников взял колесо от старой телеги, насадил его на ось и прибил конструкцию к стене сарая. Затем привязал к ведру верёвку и перекинул её через колесо.

— Что это ты делаешь? — заинтересовался Морковкин.

— Подъёмник, чтобы легче было вёдра поднимать, — объяснил Чайников.

На следующее утро всё население Дедморозовки принимало снежный душ.

— У-ух! Здорово придумали, ребята! — радовался Дед Мороз.

Правда, ведра дедушке было мало. И специально для него поставили большую кадку.

Через несколько дней пошёл снег. Снеговичок Морковкин посмотрел в окно и задумался.

— Представляю, какое там колесо и кадка! — произнёс он вслух.

— Какое колесо и кадка? — удивилась Снегурочка, диктовавшая домашнее задание.

— На небе, — пояснил Морковкин. — Кто-то ведь оттуда сыплет снег?

— На небе никого нет, и снег сыплется сам, — объяснила учительница. — Вода на солнце испаряется и превращается в облака, а зимой капельки влаги замерзают и превращаются в снег. Это называется — круговорот воды в природе. Понятно?

— Угу, — кивнул Морковкин, но учительнице не поверил. — Она просто сама не знает, — сказал он Варежкину. — А колесо и кадка на небе есть...

— Колесо — солнце? — догадался Варежкин.

— Может быть, — кивнул Морковкин. — Но кадку я точно видел...

К вечеру снегопад закончился. И снеговички вышли посмотреть на звёзды.

— Видал? — спросил Морковкин, показывая на ковш Большой Медведицы.

— Здорово! — задрав голову, сказал Варежкин. — Интересно, кто же его поднимает?

— То-то и оно, — вздохнул Морковкин.

Урок рисования

Больше всех остальных уроков снеговичок Морковкин не любил рисование. Ну не получалось у него — и всё тут. Ёлочки выходили у него кривые, домики — косые, снеговики — квадратные... Морковкин пробовал рисовать и правой рукой, и левой, и даже привязывал карандаш к морковке... И всё зря.

— Эх, Морковкин, Морковкин! — вздыхала Снегурочка. — Рисуешь как курица лапой!

— Носом, — захихикала снеговичка Косичкина.

— И зачем нужно это рисование? — буркнул Морковкин. — Какая от него польза?

— Рисование — очень важный предмет, — объяснила Снегурочка. — Оно учит видеть красивое. Кроме того, скоро мы начнём раскрашивать ёлочные шары и новогодние игрушки для детей.

— Ну, как дела? — спросил Дед Мороз, входя в класс. — Что рисуем?

— Новогодние узоры.

Дед Мороз посмотрел рисунки.

— Неплохо, неплохо, — сказал он и, подойдя к окну, дыхнул на него. На стекле появился узор из цветов.

Все замерли в восхищении. А дед подошёл ко второму окну — и появилось изображение жар-птицы. На третьем возник заснеженный лес.

— Дедушка, как у тебя так получается? — спросила Уголькова.

— Тренироваться надо, — сказал Дед Мороз, — правильно дышать…

— А можно, мы тоже попробуем?! — Ученики бросились к подоконникам и принялись дуть на стёкла.

Ничего толкового из этого, понятно, не вышло. Зато у Беломухиной родились стихи:

Пусть вьюга громко воет
И в комнате темно —
Всегда передо мною
Волшебное окно.

Альбом для рисования
Не нужен больше мне,
Ведь я своим дыханием
Рисую на окне.

Вот удивятся воробьи,
Рисунки увидав мои:
— Кто это там дышит?
— Что это он пишет?

Стихи очень понравились и дедушке и учительнице.

— У каждого свой талант, — сказала Снегурочка. — Одни рисуют красками, другие — словами...

— Главное, чтобы всё получалось на одном дыхании! — добавил Дед Мороз.

Хуже всех в классе рисовали Морковкин и снеговичок Мерзлякин. Но Мерзлякин был очень хитрый. Когда Снегурочка дала задание нарисовать снеговиков, он нарисовал торчащие из снега морковки.

— Что это? — удивилась учительница.

— Снеговики играют в прятки, — объяснил Мерзлякин.

А когда надо было нарисовать животных, он вообще поставил на белом листе две жирные чёрные точки. И подписал: «Белые медведи на охоте».

— Где же медведи? — спросила Снегурочка, разглядывая лист.

— Прячутся. У них же только носы чёрные. Вон тот побольше — мама-медведица, а поменьше — медвежонок.

Снегурочка была явно недовольна. Но Деду Морозу рисунки понравились.

— Настоящий авангард! — похвалил он художника.

— А что это такое? — заинтересовались все.

— Авангард — это значит самое современное искусство! — объяснил дед.

После этого Снегурочка Мерзлякина не ругала. А Дед Мороз всегда интересовался, что нового нарисовал современный авангардист Мерзлякин.

В особенный восторг его привёл последний рисунок Мерзлякина, хотя никакого рисунка Морковкин не увидел. Мерзлякин просто измазал весь лист цветными кляксами и подписал: «Северное сияние».

— Очень похоже, — сказал Дед Мороз. Он забрал рисунок с собой, вставил в рамку и повесил у себя в спальне.

Морковкин тоже решил нарисовать северное сияние, но Снегурочка сказала, что это не северное сияние, а каляки-маляки. Она поставила ему тройку с большим минусом и посоветовала рисовать самому, а не списывать у авангардиста Мерзлякина.

— До сих пор мы рисовали карандашами, мелками и фломастерами, — сказала Снегурочка. — Но с сегодняшнего дня начнём работать настоящими кисточками и красками...

Снегурочка стала раздавать ученикам рисовальные принадлежности. Красок было много. А вот кисточек на всех не хватило.

Понятно, что Морковкин, до которого очередь не дошла, ничуть не огорчился. А вот Шапочкина и Уголькова едва не подрались. Недовольны были и остальные, кому не досталось кисточек.

Пока Снегурочка раздумывала, что делать, в класс заглянул Дед Мороз.

— Кисточки делают из шерсти пушных зверей: белки, песца, колонка... А они как раз сейчас линяют. Нужно только собрать шерсть на кустах, и мы сделаем из неё отличные кисточки. — Дед Мороз оглядел класс: — Есть желающие пойти в лес?

Морковкин первым поднял руку. Он готов был отыскать хоть ландыши в снегу, хоть яблоки на ёлках... Лишь бы не рисовать.

Те, кому достались кисточки, остались в классе, а остальные побежали за лыжами. Но Морковкин не торопился.

— Эй! — крикнул он Ведёркину. — Куда спешить? Всё равно до конца урока вернуться не успеем.

— Пойдём к кормушкам, — предложил Ведёркин. — Там наверняка полно шерсти…

Проходя мимо дома Деда Мороза, Морковкин остановился. На одном из окон был изображён интересный узор, похожий на кота. Снеговичок пригляделся. Это был не узор — на окне сидел Пушок.

«Между прочим, у Пушка отличная шерсть, — подумал он. — Чего я буду лазить по кустам?..»

— Ты чего? — спросил его Ведёркин.

— Я думаю, у нашего Пушка шерсть не хуже, чем у каких-нибудь белок. Вот возьму и отстригу у него часть хвоста.

— Я тоже, — обрадовался Ведёркин.

— Нет, — сказал Морковкин. — Хвост у кота небольшой. На двоих не хватит...

— Ну и ладно, — обиделся Ведёркин. — Тогда я к лошадям пойду. У них и хвосты, и гривы большие.

«Здорово придумал, — с завистью подумал Морковкин. — Жаль, я сам не догадался».

Снегурочка была в классе. Дед Мороз колдовал в мастерской над трактором, который в последние дни плохо заводился. Так что время было самое подходящее. Морковкин бесшумно открыл дверь и зашёл в избу. Ножницы висели на гвозде рядом с часами. Пушок, любимец Снегурочки, дремал на подоконнике и ни о чём не подозревал.

Снеговичок подкрался к коту и аккуратно отстриг клок шерсти с левого бока. Кот не шевельнулся. Тогда Морковкин отрезал кусок побольше — с правого. Пушок перестал посапывать, потянулся и задрал хвост. Это было то, что нужно. Недолго думая снеговичок лязгнул ножницами...

— Мяу! — с диким воплем Пушок взвился в воздух, на лету царапнул Морковкина лапой и бросился за печку.

Снеговичок, перепугавшийся не меньше кота, выронил ножницы, выскочил из избы и пустился наутёк.

Пробегая мимо конюшни, он услышал страшный грохот и чей-то крик... Из открытых дверей выкатилось помятое ведро, за ним — Ведёркин с отпечатком копыта на спине.

«Мне ещё повезло», — подумал Морковкин, помогая товарищу подняться.

Пушок, конечно, пожаловался на Морковкина Снегурочке. А Снегурочка — дедушке.

— Надо оставить его на неделю без сладкого, — предложила она.

— Веррно, — мяукнул Пушок с подоконника. — А ещё лучше на месяц!

Но Дед Мороз не согласился:

— Я читал про одного цирюльника. Он случайно у своего клиента нос сбрил. И то ничего. А тут — клок шерсти! Может, у него талант парикмахера? Вот потренируется немного — и будет у нас в Дедморозовке свой парикмахер. И меня станет стричь, и тебя, и кота...

— Ну уж только не меня! — У Снегурочки была длинная коса, которой она очень гордилась.

— И не меня, — поддакнул Пушок. — Пусть тренируется на собаках!

Дед Мороз развёл руками:

— Вот так и пропадают таланты!

Как снеговики играли в хоккей

Внизу, под Дедморозовкой, протекала небольшая речка Урожайка. Когда река замёрзла, снеговики решили устроить хоккейную площадку. Они расчистили лопатами снег. Сколотили в мастерской стойки для ворот и натянули на них старую рыболовную сеть. Клюшки выпилили из большого куска фанеры и покрасили краской. Всё было готово для настоящей игры, вот только с шайбой получилась загвоздка. Блюдца от кофейного сервиза, который отдала игрокам Снегурочка, бились. Гайки от трактора были слишком маленькие и тяжёлые — после каждого удара их приходилось по полчаса искать в сугробах.

— Мазила! — кричал Чугунков на Ведёркина. — Четвёртую шайбу потерял...

— А ты сколько? — огрызнулся Ведёркин. — Я твои шайбы не считал!

Игра то и дело останавливалась. Даже изобретательный Чайников не мог придумать ничего толкового.

Использовать вместо шайбы пустую консервную банку осенило Морковкина во время дежурства по кухне. Собакам в кашу всегда добавляли консервы. «А ведь это отличная шайба», — подумал Морковкин, глядя, как собаки тычут в банку носами.

Шайба получилась идеальной: она хорошо скользила по льду, далеко летела, а если падала в снег, лайки тут же находили её по запаху и, предварительно вылизав, приносили обратно.

Собаки стали самыми яростными болельщиками и перед каждой тренировкой интересовались:

— Сегодня у вас рыбная шайба или с тушёнкой?

Пока шли тренировки, всё было хорошо. Но как только хоккеисты решили разбиться на команды и провести настоящую игру, возникла проблема: снеговичков было одиннадцать…

— Или одного не хватает, или один лишний, — быстро подсчитал снеговичок Котелков.

— А что ты на меня смотришь? — закричал Мерзлякин. — Сам ты лишний…

— Я лишний? Я ворота сколачивал! — возмутился Котелков.

— А я клюшки пилил!

— А может, кого-нибудь из снеговичек позвать?

— Я с девчонками играть не буду! — заявил Кроссовкин.

Но снегови́чки и сами отказались, потому что снеговички толкались на льду, и после каждой тренировки у них появлялись грубые ссадины и некрасивые синяки.

Снеговичка Беломухина даже сочинила стихи:

Бывают еловые шишки,
Бывают сосновые шишки,
Но самые крупные шишки
Бывают на лбу у мальчишки!

Снеговики пошли за советом к Деду Морозу.

Дед Мороз почесал в бороде и вздохнул:

— Это моя ошибка. Когда я вас лепил, про хоккей как-то не подумал. Надо было сделать двенадцатого. Но теперь уже поздно. Придётся вам тянуть жребий.

Дед снял шапку, пошептал над ней и сказал:

— Здесь одиннадцать номеров. Кто вытащит одиннадцатый — будет запасным!

Несчастливый одиннадцатый номер достался Морковкину.

Снеговичку было очень обидно: он вместе со всеми чистил снег, делал клюшки, в конце концов, это он придумал консервную шайбу, а теперь он запасной…

— Не расстраивайся, — шепнул ему Дед Мороз. — Запасные выходят в самый ответственный момент игры.

Снеговички сразу поделились на команды: по пять игроков в каждой.

Капитаном одной выбрали Чугункова, а другой — Ведёркина.

Затем команды стали придумывать себе названия. Команда Чугункова назвала себя «Чемпионы».

— Почему это вы «Чемпионы»? — возмутился Мерзлякин. — Вы ещё не выиграли!

— Не волнуйся, выиграем, — отвечал Варежкин, которого поставили на ворота.

— Ну тогда мы «Суперчемпионы».

— Чемпионы в супе, — хмыкнул Варежкин.

Подумав, ведёркинцы назвали себя скромно — «Победители».

Накануне игры Дед Мороз привёз из города настоящую шайбу и два шлема для вратарей.

— Ну теперь мы их точно сделаем, — важно заявил Варежкин, примеряя шлем.

Толстый Варежкин и так занимал почти целиком ворота, и шайбу ему забить было крайне трудно. «Победители» возмущались и требовали, чтобы ворота у «Чемпионов» были шире.

— Нет таких правил, — отвечали «Чемпионы».

— А давайте во втором тайме я встану на ворота, — предложил Морковкин. — Я самый худой, и всё будет по-честному.

— Ты, Морковкин, запасной. И кого куда и когда ставить, будет решать судья, — сказал Чугунков.

— К тому же мой шлем тебе великоват будет, — сказал Варежкин.

«Тоже мне друг», — подумал Морковкин.

И вот настал день матча. На берегу реки собралась вся Дедморозовка: снеговики, собаки, лошади... Вместе со Снегурочкой посмотреть на игру явился даже ленивый и вальяжный кот Пушок. А на ближайшие берёзы слетелись окрестные птицы. Сороки так трещали, комментируя происходящее, что Деду Морозу пришлось свистнуть в свисток и пригрозить удалить зрителей с трибун.

Снегови́чки, конечно, тоже пришли поболеть. Но за кого, не знали. Спросили у Деда Мороза.

Дедушка ответил уклончиво:

— Я всегда болею за слабую команду.

Наконец команды вышли на лёд. Дед Мороз дунул в свисток. И игра началась.

Сначала «Победители» играли увереннней и несколько раз создавали опасную ситуацию

у ворот противника. Но каждый раз атака заканчивалась ничем: шайбы попадали в непробиваемого Варежкина. В конце первого периода «Чемпионы» перехватили инициативу, и Чугунков забил две шайбы подряд.

«„Чемпионы“ — „Победители“ — 2 : 0», — записала Косичкина на классной доске, висевшей на берёзе как табло.

Второй период начался для «Победителей» совсем неудачно. На первой же минуте капитан «Чемпионов» забил третью шайбу.

— Эй, Мерзлякин! — закричал Варежкин вратарю соперников. — Давай спорить на брусничный кисель, что вы продуете...

— Ты и так скоро лопнешь, — отозвался Мерзлякин.

Впрочем, вскоре выяснилось, что не такой уж Варежкин непробиваемый. Нападающий Кроссовкин так разогнался в атаке, что врезался в Варежкина и загнал шайбу в ворота вместе с вратарём.

— Это нечестно! — закричал Варежкин, выпутываясь из сетки.

Но Дед Мороз покачал головой:

— Нарушения не было!

Во второй раз это же проделал капитан «Победителей» Ведёркин. И счёт стал 3 : 2...

Игра накалилась так, что от снеговиков шёл пар. Но неожиданно матч прервался: в лоб игравшему за «Победителей» Чайникову попала шайба...

Дед Мороз остановил игру.

— Ты как? — спросил он хоккеиста.

— Нормально, — сказал Чайников. — Только в голове звенит что-то.

Снеговичка увели с поля, посадили на скамью, и Снегурочка стала делать ему холодный компресс.

— Защитника Чайникова заменит запасной игрок номер одиннадцать Морковкин, — объявил Дед Мороз. И игра продолжилась.

Морковкин, так долго ждавший своего выхода, носился как угорелый, бросался на шайбу и не давал противникам подойти к своим воротам.

Вскоре Ведёркин протолкнул ещё одну шайбу, и счёт сравнялся — 3 : 3.

На последней минуте «Победители» снова пошли в атаку. «Чемпионы» встали грудью. И у ворот Варежкина образовалась куча-мала.

— Заталкивай толстого! — завопил Мерзлякин и, покинув ворота, бросился к остальным.

И тут лёд, не выдержав тяжести десяти игроков, треснул…

Снеговики бросились врассыпную — и вовремя: ворота медленно уходили под воду. Не убежал лишь Морковкин: он подполз к краю полыньи и вцепился в штангу…

3:3

— Морковкин, ты что делаешь? Брось сейчас же! — закричала Снегурочка.

— Не брошу, — отвечал снеговичок. — Если в сетке шайба, значит, мы забили гол и победили…

— Врёшь! — завопил Варежкин. — Нет там никакой шайбы!

— А вот это мы посмотрим, — отвечал Морковкин. И, несмотря на все уговоры, бросить ворота отказывался.

Наконец кто-то сбегал за багром. Когда ворота вытащили, шайбы в сетке не было, зато там оказалась щука.

— Игра закончилась вничью, — объявил Дед Мороз. — Со счётом «три—три».

— Плюс щука, — буркнул Морковкин. — Значит, мы победили…

— Это точно, — поддержал его Пират и облизнулся.

Игра закончилась. Собакам достался улов, хоккеистам — аплодисменты зрителей. Раненый Чайников чувствовал себя вполне удовлетворительно и охотно показывал вмятину на лбу ахавшим снегови́чкам…

В общем, все были довольны, кроме Варежкина, проигравшего Мерзлякину свой брусничный кисель.

Игроки и зрители разошлись, обсуждая матч. Только Морковкин остался на берегу Урожайки.

Снеговичок так задумался, что не услышал, как к нему подошёл Дед Мороз:

— А ты чего здесь сидишь один? Если недоволен результатом, то надо свистнуть и закричать: «Судью на мыло!»

— Нет, дедушка, я думаю: а вдруг эта щука волшебная была? Как у Емели…

Дед Мороз покачал головой и улыбнулся:

— И какое бы ты желание загадал?

— Настоящие хоккейные коньки…

— Ну, тогда считай, что волшебная!

Вечером Дед Мороз объявил, что на Новый год подарит всем снеговикам хоккейные коньки и настоящие шлемы.

Привидение из Дедморозовки

За окном кружился лёгкий снежок.

Снеговичок Морковкин с тоской посмотрел в окно и задумался. Но в голову ничего не приходило. Кроме одной неприятной мысли: если он не напишет сочинение, то в четверти у него будет двойка. А с двойкой его могут оставить в Дедморозовке и не взять на новогодние праздники. Снегурочка так и сказала. Снегурочка была строгой учительницей. С ней даже Дед Мороз не спорил.

Хорошо, что у неё были срочные дела по хозяйству. Снегурочка попросила учеников не шуметь и предупредила, что вернётся через два часа и соберёт тетради.

Тема сочинения была написана на доске крупными буквами:

„Моя родина — Дедморозовка“

Не увидев за окном ничего интересного, Морковкин решил посмотреть, чем занимаются остальные. Впереди Морковкина сидела снеговичка Беломухина. Первое, что она произнесла, когда их оживили: «Ой, смотрите! Белые мухи летят!»

Эта Беломухина была странной снеговичкой: она видела всё не так, как остальные. Сугробы ей казались похожими на белых слонов, вороны — на кляксы в тетради, а кромка ельника за деревней — на большую расчёску, которой расчёсывают облака. Сначала все потешались над ней, но Дед Мороз сказал, что у Беломухиной поэтическое видение, а это редкий дар. Дедушка, как всегда, оказался прав. Беломухина стала писать стихи. По чтению и русскому языку у неё были одни пятёрки.

Морковкин заглянул снеговичке через плечо:

Белая берёзка
Под моим окном.
Здесь я и родилась,
Здесь мой отчий дом.
Помню Дед Мороза
Я весёлый смех,
Как меня слепил он
На глазах у всех…

«Стихи...» — расстроился снеговичок. Списывать у Беломухиной было глупо. Снегурочка сразу бы догадалась. Тогда он заглянул в тетрадь к своему соседу Кроссовкину и прочёл:

«Моя родина — Дедморозовка. Третий сугроб слева от погреба...»

Морковкин решил, что начало хорошее, и тоже написал:

«Моя родина — Дедморозовка. Третий сугроб слева от погреба...»

Кроссовкин, увидев, что у него списывают, возмутился:

— Что ты врёшь! У тебя не третий сугроб, а четвёртый...

— Тише, — зашумели все. — Перестаньте разговаривать.

И тут дверь со скрипом открылась. Все мгновенно затихли, решив, что вернулась учительница. Но в класс никто не вошёл. Чайников, дежурный по классу, выглянул за дверь.

— Никого, — пожал он плечами. — Наверное, ветер!

Снеговички вернулись к сочинению. А Морковкин к мыслям о неизбежной двойке. И тут снеговичок услышал тихий шелест, а затем увидел, как классный журнал на учительском столе шевелится и страницы переворачиваются сами собой...

— Смотри, — шепнул он Кроссовкину.

— Ну, что ещё? — буркнул недовольный Кроссовкин. И открыл от изумления рот. — Что это?

— Не знаю. Наверное, привидение...

— Прекратите разговаривать! — возмутилась отличница Косичкина. — Вы всем мешаете...

— Это не мы, — тихо сказал Морковкин. — Там, за столом учителя, кто-то есть...

— Где?

За столом, естественно, никого не было. Журнал лежал неподвижно и больше не перелистывался.

— Вечно этот Морковкин что-нибудь придумает, только бы не учиться, — сказала снеговичка Берёзкина.

И в этот момент упал глобус и опрокинулась чернильница.

— Ой! — в один голос сказали Берёзкина и Косичкина.

— Я же говорил, привидение.

— Ерунда! Привидений не бывает. Это сквозняк, — сказал Чайников и, подойдя к окну, прикрыл форточку.

Все понемногу успокоились и вернулись к тетрадям. Даже Морковкин стал подумывать о том, что, может быть, это и правда сквозняк...

И тут снеговичка Уголькова дрожащим голосом сказала:

— Ой! Мне кто-то провёл по щеке лохматой лапой...

А затем отчаянно завизжала.

В классе поднялась суматоха. Кто залез под парту, кто прижался к стене. А снеговичка Шапочкина вскочила на учительский стол и стала размахивать перед собой портфелем:

— Не подходи, а то хуже будет!

И тут дверь снова открылась. В класс вошла Снегурочка.

— Что здесь происходит?

— Привидение! В классе — привидение! — закричали все и бросились к учительнице.

— Успокойтесь! Привидений не бывает! — строго сказала учительница.

— По крайней мере, у нас в деревне я их не встречал, — уточнил появившийся следом за внучкой Дед Мороз. — У нас же не старинный замок.

— Но оно листало журнал, — сказал Морковкин. — И трогало Уголькову. Честное слово!

— Интересно... — Дед Мороз задумался. — А больше ничего странного не происходило?

— Кстати, из дома пропал Пушок, — сказала Снегурочка. — Никто его не видел?

— Ой! Наверное, оно его съело! — предположила Берёзкина.

— Кто оно? — не поняла учительница.

— Привидение...

— Не говорите глупостей.

Но снегови́чки принялись жалеть бедного кота. А снеговики с жаром обсуждать, чем питаются привидения.

— Тихо! — сказал Дед Мороз, и все замолчали. — Сейчас мы всё выясним. У меня в доме есть волшебные инфракрасные очки, через которые видно любое привидение. Морковкин, принеси их. И если здесь завелось привидение, то ему не поздоровится...

Морковкин уже собрался бежать. Как вдруг шторы у окна заколыхались, скрипнула форточка и кто-то плюхнулся в сугроб...

— Видели? Оно выскочило в окно, — прошептал кто-то.

На мгновение в классе воцарилась тишина. И тут с улицы послышался лай. Все бросились к окну. Свора собак с лаем гналась за кем-то невидимым...

— Они унюхали его и взяли след, — догадался Морковкин и выскочил из класса. За ним — все остальные.

Собаки догнали бы привидение в два счёта, не будь снег таким рыхлым. Но привидение легко бежало по сугробам, а лайки проваливались в снег. Наконец им удалось окружить невидимку и загнать на берёзу...

Когда снеговики подбежали к дереву, вдруг — неизвестно откуда — на снег упала небольшая красная шапочка.

На нижней ветке сидел кот Пушок и жалобно мяукал.

Дед Мороз расхохотался:

— Вот вам и привидение! Всё ясно!

Выяснилось, что накануне Снегурочка перебирала вещи Деда Мороза и неплотно закрыла дверцу шкафа. А сегодня утром Пушок караулил рядом со шкафом мышь, и на него свалилась шапка-невидимка. Кот решил похвастать красивой шапкой и пошёл на улицу. Но почему-то на него

Дедморозовская
школа № 1

никто не обращал внимания. Тогда он отправился в школу...

— И когда ты понял, что это шапка-невидимка? — спросил Дед Мороз.

— Когда стал листать журнал, а эти дураки решили, что это сквозняк, — буркнул Пушок.

— А зачем же ты тогда опрокинул глобус и трогал Уголькову? — нахмурился дедушка.

— Попугать хотел, — признался кот.

Снеговики возмущённо зашумели.

— Хорош гусь! — сказал Дед Мороз. — Сорвал урок, перепугал всю деревню... Внучка, пусть твой любимец до конца недели сидит без сметаны.

— Правильно, — строгим голосом произнесла Снегурочка и, нежно прижав кота к себе, понесла его домой.

А снеговики окружили Деда Мороза и забросали его вопросами:

— А шапки-невидимки бывают только красные или других расцветок? — интересовались снегови́чки.

— А выдадут ли нам такие шапки в Новый год? И хватит ли их на всех?.. — волновались снеговички.

— А правда, что есть волшебные инфракрасные очки?..

— Дедушка, а ты видел привидения?

— А кто связал первую шапку-невидимку?..

— Всё, — устало сказал Дед Мороз. — Волшебные предметы вы будете проходить во втором классе.

— Дедушка, а как работает шапка-невидимка? — не удержался Чайников.

— А вот так. — Дед надел шапку и исчез.

Все замолчали. И некоторое время слушали, как скрипит под валенками Деда Мороза снег. Кто-то хотел догнать Деда Мороза: по скрипу и следам найти его было нетрудно.

Но снеговичка Беломухина сердито сказала:

— Не надо. Не видите, что дедушка устал и хочет побыть один?

— Откуда же мы видим, если он в шапке-невидимке? — спросил Мерзлякин.

— По-моему, это и так видно, — сказала Беломухина. Она повернулась, чтобы идти, но споткнулась о чей-то портфель и упала. Все засмеялись.

«Странная эта Беломухина! Видит то, что невидимо, и не замечает того, что под носом», — подумал Морковкин.

Все побежали играть в снежки. Но Морковкин остался. Сочинение перенесли на завтра. И ему надо было побыть одному и подумать о том, что он напишет завтра.

Большой лыжный кросс

Занятия физкультурой у снеговиков и снеговичек проходили отдельно. Со снеговиками занимался Дед Мороз: они играли в футбол, баскетбол и снегобол, или попросту в снежки.

А Снегурочка вела уроки аэробики и художественной гимнастики у снеговичек: они бегали с ленточками, мячом, скакалками и крутили обруч.

Но два раза в неделю был обязательный для всех лыжный кросс. Чтобы лыжи не рассыхались и хорошо скользили, их нужно было смазывать тюленьим жиром. Многим снеговичкам запах жира не нравился, и они морщили носики.

— Ффу, как пахнет, — говорила Уголькова и затыкала нос.

— А ты на морковку бельевую прищепку надень, — хмыкал Кроссовкин. — Подумаешь, какая нежная!

SPOR

Кроссовкин лучше всех ходил на лыжах и очень гордился этим. Правда, Деда Мороза снеговичок не мог обогнать.

— Это понятно, у него лыжи волшебные, — говорил Кроссовкин.

Лыжных трасс было две: одна, покороче, делала петлю вокруг Дедморозовки, а вторая шла через лес и составляла большой пятикилометровый круг.

Однажды Дед Мороз объявил, что в воскресенье состоится соревнование на первенство Дедморозовки. Трое, занявших первые места, получат большой, средний и малый кубки.

— Кубки золотые или серебряные? — поинтересовался Чайников.

— Важно не какие они, а с чем?

— А с чем? — заинтересовались все.

— С мороженым!

— А с клубничным или с клюквенным? — спросил Варежкин.

— Какая тебе разница? — ехидно сказал Кроссовкин. — Ты всё равно не получишь.

— Ну это мы ещё посмотрим!

Настало воскресенье.

Накануне вдоль всей лыжни были расставлены красные флажки, чтобы участники не сбились с трассы и не пропустили нужный поворот.

Между двух берёз натянули полотно: с одной стороны было написано «Старт», а с другой — «Финиш». А рядом из сугроба торчал плакат со стихами Беломухиной:

Нам устроил Дед Мороз
Настоящий лыжный кросс:
Мы его не подведём —
Лучше всех его пройдём!

Морковкин плохо ходил на лыжах. А кроме того, за день до этого он прыгал с крыши и ушиб ногу. Нога ещё болела, и снеговичок

уже подумывал, не сказать ли об этом Снегурочке, чтобы она разрешила ему не участвовать в соревнованиях.

— Зря отказываешься, — шепнул ему Варежкин. — Я знаю, как получить кубок. В середине можно срезать круг — через лес напрямик. Получится намного короче.

К старту подкатил Дед Мороз:

— Снег сегодня отличный: лыжи идут как по маслу! Ну как, все готовы?

— Все! — зашумели снеговики и выстроились в ряд.

— Приготовились!.. На старт! Марш! — Снегурочка махнула флажком — и кросс начался.

Сначала трасса шла вдоль речки, в горку. Морковкин сильно запыхался и отстал от остальных. Когда он въехал в лес, все уже скрылись за деревьями.

В одном месте снеговичок увидел след лыж, свернувший в лес.

«Это Варежкин решил срезать», — подумал он и тоже свернул. Идти по сугробам было куда сложнее. Лыжи проваливались в глубокий снег. Ветки хлестали по лицу.

«Надо было идти по лыжне. Эх, зря я послушал этого Варежкина!» — подумал Морковкин.

Неожиданно снеговичок увидел здоровенный сугроб, из которого шёл пар и слышалось громкое сопение.

«Похоже, Варежкин в яму провалился и вылезти не может!»

— Эй! — крикнул Морковкин. — Ты что, провалился?

Варежкин не отвечал.

«Наверное, снег в рот набился».

— Сейчас я тебя вытащу!

Морковкин подъехал поближе и сунул в дыру лыжную палку. Палка упёрлась во что-то мягкое, послышалось глухое ворчание.

— Варежкин, держись за палку! — Снеговичок сунул её ещё глубже.

И вдруг палка вылетела сама. Раздался страшный рёв. И из дыры показалась страшная мохнатая морда...

Только потом Морковкин сообразил, что тыкал палкой в медвежью берлогу. А в тот момент у него была только одна мысль: «Варежкина он сожрал, теперь и мне конец»!

Неизвестно, бежал ли медведь за Морковкиным, но снеговичок летел по лесу так, что через минуту выскочил на трассу, догнал и обогнал почти всех своих товарищей...

— Тридцать минут пятьдесят секунд. Третье время, — объявил Дед Мороз, когда он пересёк финишную черту.

Первое место занял Кроссовкин. Второе — Уголькова.

— Молодец Морковкин! — похвалила его Снегурочка. — Никогда бы не подумала…

«Я бы и второе занял, если бы палку в берлоге не оставил», — тяжело дыша, подумал Морковкин.

Варежкин, кстати говоря, был цел и пришёл предпоследним.

— Я хотел свернуть, но за мной ехала Беломухина, а она могла рассказать Снегурочке, — оправдывался он перед Морковкиным.

«Ну и хорошо, что не свернул», — подумал Морковкин. Он был так рад, что поделился с приятелем призовым мороженым. Всё-таки идея была Варежкина.

А про медведя снеговичок решил никому не рассказывать: «А то ещё подумают, что я испугался!»

Как снеговичок Чайников изобрёл «Буран»

Декабрь выдался такой снежный, что дома в Дедморозовке замело по самые окна. А снег всё шёл и шёл, как будто на небе молола муку гигантская мельница.

Дед Мороз на небольшом бульдозере расчистил улицу от дома до школы, а затем зашёл в избу попить чайку. И надо же — оставил двигатель включённым.

Снеговичок Котелков, питавший слабость к технике, решил воспользоваться этим моментом. Он давно просил Деда Мороза дать ему покататься. Но дедушка ему отказывал:

— Рано тебе, Котелков. Вот когда через год изучишь физику и правила дорожного движения, тогда и будем кататься…

«Ничего не рано, — подумал Котелков, забираясь в кабину. — Пока дедушка пьёт чай, я всю деревню расчищу!»

Снеговичок включил скорость, бульдозер тронулся и начал набирать ход.

— Стой! — закричал Дед Мороз, выскакивая из избы.

Услышав крик, Котелков вздрогнул и от испуга вместо тормоза нажал на газ.

Бульдозер взревел. Снегови́чки, лепившие из снега кукол, бросились врассыпную...

Растерявшийся Котелков принялся крутить руль. Машина сначала завертелась волчком, а затем быстро покатила под уклон — к речке Урожайке.

Тррахх!

Лёд треснул, как яичная скорлупа, и бульдозер стал быстро погружаться в воду. Снеговичок еле успел выскочить из кабины.

— Эхе-хе, — сказал Дед Мороз, глядя на торчавшую из воды трубу. — Придётся завтра ехать за лебёдкой. А дорога-то не прочищена...

Дед Мороз поглядел на понурого снеговичка.

— А может, это и к лучшему, — добавил он. — Всё техника да техника. А лошади в конюшне застоялись. Эй, горе-водитель, беги на конюшню. Скажи, что завтра с утра поедем в город.

Проснувшись, Дед Мороз выглянул в окно.

«Странно, — подумал он. — Уже десять утра, а на дворе темно».

Дед надел валенки и хотел выйти на улицу. Но дверь не поддалась. Он ещё раз посмотрел в окно и понял: снег замёл избу по самые наличники.

— Эхе-хе, кажется, нас завалило! — сообщил он вышедшей в горницу внучке.

— Дедушка, а что там у нас на крыше? — спросила Снегурочка.

Дед прислушался. Откуда-то сверху доносились смех, топот, крики...

— Похоже, наши снеговички! — обрадовался он. — Интересно, что они там делают?

А на крыше происходило вот что. Изба Деда Мороза была самой высокой в деревне. И снеговичок Кроссовкин вызвал Морковкина на соревнование: кто нырнёт дальше, глубже и художественней.

Дед Мороз позвал снеговичков через чердачное окошко. Но его не услышали.

— Показываю двойное сальто! — объявил Кроссовкин.

— Слабо!

— Нет, не слабо!

— Что там за безобразие?!

Голос у Снегурочки был звонкий. Снеговики мигом попрыгали с крыши, взяли лопаты и расчистили вход в избу. Пока дед запрягал лошадей, они откидали снег и от ворот конюшни.

— Дедушка, можно мы с тобой! — закричали помощники, когда Дед Мороз выехал на тройке.

— В следующий раз, — сказал дед. — Сегодня у нас уборка снега.

Декабрь, Январь и Февраль, проваливаясь по грудь в сугробах, вскоре исчезли из виду.

— Эх, врезать бы тебе по котелку! — сказал Ведёркин Котелкову. — Тракторист-бульдозерист!

Снеговики снова взяли лопаты и принялись расчищать дорожки.

Снегови́чки тем временем помогали Снегурочке по дому: кто подметал, кто вытирал пыль, а снеговичка Берёзкина решила пропылесосить чердак. Но вставила трубку наоборот. И когда она включила пылесос, тот, вместо того чтобы засасывать воздух, стал выплёвывать старую солому и пыль. Поднялась настоящая пылевая буря.

С трудом найдя кнопку выключателя, Берёзкина, размазывая грязь по лицу, выбежала на улицу.

— Кажется, пылесос сломался! — сообщила она Чайникову.

— Посмотрим, — сказал Чайников. Чайников разбирался в технике. Он даже отремонтировал Снегурочке старую кофеварку, которую та собиралась выбросить.

Смотрел снеговичок недолго. Включил пылесос, выключил, переставил трубку на место и снова включил.

— Работает! — обрадовалась Берёзкина. — Ой, спасибо!

Она хотела продолжить уборку, но тут в голову Чайникову пришла гениальная идея.

— Погоди, — сказал он, — потом пропылесосишь!

Чайников вытащил пылесос из дома и на санках отвёз к сараю, где лежал двигатель от старого мотоцикла. Изобретатель возился, наверное, час, присоединяя двигатель к пылесосу. А затем решил провести испытание…

Вокруг собрались любопытные снеговики.

— Что это у тебя? — спросил Морковкин.

— Антиснежный пылесос «Буран», — ответил изобретатель.

— Ещё один тракторист-бульдозерист нашёлся! — хихикнул снеговичок Мерзлякин. — Просто снег убирать не хочет…

— Ты бы отошёл подальше, — сказал Чайников и завёл двигатель.

«Буран» так дунул, что метров на сто вокруг унесло весь снег, а заодно и зазевавшегося Мерзлякина.

— Эй, снимите меня отсюда! — вопил Мерзлякин, повисший на ветке берёзы.

— Круто, — сказали снеговички и побежали искать унесённые вещи: у кого сдуло шапку, у кого варежки, а шарф Мерзлякина зацепился за телевизионную антенну на доме Деда Мороза.

Чайников повозился с «Бураном» ещё полчаса, отрегулировал двигатель, поставил вторую трубку. И вскоре «Буран» ездил по всей Дедморозовке, оставляя после себя расчищенную дорогу и пугая собак.

Когда Дед Мороз вернулся из города, деревня была очищена от снега.

— Ну и ну, — сказал он внучке. — А ведь Чайников ещё даже физику не проходил. Какие талантливые у тебя ученики!

URT

— Талантливые-то они талантливые, — вздохнула Снегурочка. — Только чем я буду пылесосить ковры?

— Не расстраивайся, внучка! — Дед Мороз выглядел довольным. — Зато теперь я знаю, что тебе подарить на Новый год!

На следующий день стали вытаскивать бульдозер из реки. Вытаскивали всей деревней, потому что мощности у лебёдки не хватило. Впряглись снеговики, лошади, собаки. Чайников подключил свой «Буран»... Наконец бульдозер вытащили.

По этому поводу Дед Мороз устроил вечером праздник с катанием на лошадях, игрой в снежные кегли и даже с небольшим фейерверком. Все веселились от души. А снеговичка Беломухина сочинила стихи:

Разноцветный фейерверк!
Снег летит не вниз, а вверх —
Улетает в небеса...
Вот какие чудеса!

Недовольным выглядел только Мерзлякин, шарф которого так и остался висеть на антенне.

Он подходил ко всем подряд и бубнил:

— Вам-то хорошо, а я без шарфа... А если я простужусь и заболею?

— Да ладно тебе, — сказал ему Морковкин. — Пусть висит, как флаг...

— Флаг Дедморозовки, — подхватила стоявшая рядом Косичкина. — А пусть у нас будет свой флаг!

Идея всем понравилась. На шарфе Мерзлякина были вышиты три ёлочки на белом поле.

— Хорошая эмблема, — кивнул Дед Мороз. — Прямо-таки герб нашей деревни.

Снегурочка обещала связать Мерзлякину новый шарф, и тот согласился. И хотя по инерции бубнил, но сам был очень доволен, что именно его шарф стал флагом Дедморозовки.

Кто поедет в Новый год?

Чем меньше времени оставалось до Нового года, тем больше у Деда Мороза и его помощников было работы. Сразу после школы снеговички торопились в мастерские: там они делали игрушки, подписывали открытки, упаковывали подарки и складывали их в коробки с названием улиц и городов, чтобы в Новый год было легче найти нужный адрес и не перепутать подарки.

А вечером они вместе со Снегурочкой разбирали почту, которая мешками приходила Деду Морозу.

— Молодцы у нас помощники! — говорил Дед Мороз внучке. — Что бы мы без них делали?

— Всё равно за ними нужен глаз да глаз, — сказала Снегурочка, наливая дедушке чай. — Берёзкина сегодня перепутала Зеленоград

и Зеленогорск. Хорошо, что я вовремя заметила. Очень они в последнее время рассеянные!

— Просто они устают... Да и тебе не мешало бы отдохнуть, — вздохнул дед, отставляя чашку. — Ты мне в чай вместо сахару соли набухала!

Коробки с подарками снеговики относили в большой сарай, служивший складом.

— И как дедушка собирается всё это развозить? — удивлялись они. — В сани все подарки не влезут. И даже если прицепить к ним прицеп, тоже не поместятся!

— Я думаю, даже в два прицепа не поместятся, — ворчал Мерзлякин.

— А ты не думай, ты носи! — сказал Ведёркин, которого назначили старшим по складу.

В один прекрасный день с улицы донёсся автомобильный гудок. Снеговички выскочили наружу и пооткрывали рты: у ворот стоял огромный серебристый трейлер с круглыми, как у самолёта, окошками вдоль всего борта и надписью: «С НОВЫМ ГОДОМ!»

Как-то в Дедморозовку по ошибке заскочила машина с заблудившимися геологами, да несколько раз заезжал дедушкин знакомый лесник Петрович на своём старом, ободранном «козле», а тут...

— Ну как?! — спросил Дед Мороз, вылезая из кабины.

— Круто! — загалдели все. — А это чей автомобиль?

— Мой, — подмигнул дед. — Точнее, наш.

— А какой он марки? КамАЗ? «Мерседес»? — поинтересовался Котелков.

— Марка «Дед-мороз-экспресс», — сказал дедушка. — То есть Новогодний Экспериментальный Праздничный.

— А что означает «эс-эс»? — спросил дотошный Мерзлякин.

— Сверхскоростной, — улыбнулся дед. — Или с-сюрпризами. В общем, спецзаказ.

Дед Мороз разрешил помощникам осмотреть машину, а потом сказал:

— До Нового года осталось три дня. Поэтому завтра мы начнём погрузку.

— Как три дня? Сегодня же двадцать первое декабря! — удивились снеговики.

— У меня Новый год всегда начинается на неделю раньше. А у вас — каникулы. И сегодня вечером — подведение итогов.

Вечером все собрались в школе. Снеговики очень волновались: не у всех были хорошие и отличные оценки.

— Вот увидишь, — бубнил Варежкин, — не возьмут нас с тобой в Новый год.

— Ну и ладно, — хмуро ответил Морковкин. — Переживём.

Снегурочка открыла классный журнал:

— Сейчас вы узнаете результаты, с которыми окончили это полугодие...

Ученики притихли. Снегурочка зачитала оценки. Круглых отличников было двое: Косичкина и Чайников. Затем шли хорошисты. Варежкин и Морковкин оказались в самом конце списка. У них было больше всех троек, но двоек не было.

— А в целом вы молодцы! — подвела итог учительница.

Дед Мороз поднялся из-за стола, внимательно осмотрел класс и сказал:

— Я очень рад вашим успехам и думаю, что на новогодние праздники поедут все!

— Ура! — закричали снеговики.

— У кого есть вопросы, поднимите руку! — сказала Снегурочка.

Вопросов было множество: в каких городах они побывают и увидят ли Москву? Брать ли с собой лыжи и кормушки для птиц? Есть ли место в машине для лошадей?

Помощники очень удивились, узнав, что грузовиком будет управлять Снегурочка, а дедушка поедет на тройке.

— Снегурочка — прекрасный водитель, — сказал Дед Мороз. — У неё и зрение острее, и правила дорожного движения она знает лучше. А я люблю по старинке, на лошадях!

Дедушка объяснил, что есть ещё маленькие деревеньки, до которых ни на какой машине не доедешь, и даже на самолёте не приземлишься. А ведь там тоже живут дети. Поэтому он с двумя помощниками поедет вперёд. Но в городе они обязательно встретятся.

Берёзкина и Чугунков тут же попросились ехать на тройке.

— Понятно, — кивнул дедушка. — Самые большие любители лошадей! У кого ещё есть вопросы?

Морковкин, сидевший весь вечер с задумчивым видом, поднял руку:

— А правда все поедут?

— Правда.

— А можно, я не поеду...

Все зашумели. А снеговичок Мерзлякин покрутил пальцем у виска.

— Почему? — удивился Дед Мороз.

— Если все уедут, кто останется в деревне кормить собак?

— Не переживай, — сказал дедушка. — Я попросил Петровича. Пока нас не будет, он останется следить за хозяйством.

— Ура! — закричал Морковкин. — Тогда я тоже еду!

Все засмеялись. И Дед Мороз тоже.

Оставшиеся три дня пролетели незаметно. Снеговики ни разу не были в городе, поэтому Снегурочка подробно объясняла им, как правильно переходить улицу, что делать, если кто-нибудь потеряется, где оставлять подарки, если дверь в подъезд окажется закрытой.

Помощники Деда Мороза изучали маршрут, по которому они поедут в новогоднее путешествие, примеряли шапки-невидимки и подарочные мешки. К этим мешкам Снегурочка пришила лямки, чтобы их можно было носить за спиной как рюкзак. Кроме того, в каждом мешке имелся специальный карман для карты с адресами, по которым нужно было разнести подарки.

Наконец все приготовления были закончены. Снегурочка в последний раз осмотрела учеников, посоветовала Чугункову и Ведёркину начистить свои головные уборы и объявила, что выезд назначается завтра в пять вечера.

— Почему вечера? — удивились снеговики.

— Вечер и ночь — самое лучшее время для того, чтобы разносить подарки, — объяснила Снегурочка. — На улицах мало машин. Нет пробок...

— И автографы никто не просит, — добавил Дед Мороз.

Наступил день отъезда. Накануне все подарки уложили в сани Деда Мороза и в грузовик. Огромный трейлер был загружен под завязку. Свободным остался лишь узкий проход до кресел, в которых должны были ехать снеговики. Все места были у окошек. Но Морковкин ещё вечером сообразил, что в кабине, рядом с водителем, есть два свободных места. Поэтому он встал в шесть утра, тихо прокрался к грузовику, открыл дверцу и...

В кабине сидел Котелков со своим мешком.

— Садись, — сказал он. — Места много. Я тут уже всё рассмотрел. Представляешь, у него семь скоростей: одна задняя, пять обычных и ещё одна...

— Волшебная, — в кабину заглянул Дед Мороз. — Что это вы в такую рань встали?

— Не спится.

— Вот и мне тоже. Сколько лет уже встречаю Новый год, а каждый раз волнуюсь... Ладно, сидите, только ничего не трогайте!

— Не маленькие, — пробасил Котелков.

В пять часов снеговички собрались перед домом Деда Мороза. Декабрь, Январь и Февраль нетерпеливо рыли снег копытами. Провожать отъезжающих собрались все собаки.

— Ты там поосторожнее, — сказал Морковкину Пират. — Я был в городе. У них там машины носятся хуже, чем стадо кабанов...

Наконец на крыльце появились Дед Мороз и Снегурочка.

Дедушка оглядел снеговиков и остался доволен:

— Прямо новогодний десант! Ну что ж, все по коням... А остальные — по машинам! В добрый час! И в Новый год!

Дед Мороз вместе с помощниками уселся в сани, помахал рукой Снегурочке, и тройка исчезла. Только снежный вихрь вился над сугробами да где-то вдали звенели бубенчики.

Снегурочка включила скорость, и грузовик тронулся.

— Мы их догоним? — спросил Котелков.

— Вряд ли, — покачала головой Снегурочка.

— Даже на трассе?.. Дедушка говорил, что здесь есть волшебная скорость.

— А у него три волшебных скорости!

«Это она про лошадей», — догадался Морковкин.

Новогодний экспресс набирал ход. По сторонам дороги всё быстрее мелькали деревья. И вдруг машина стала подниматься...

Из глубины трейлера донёсся дружный визг снеговичек.

С Новым годом!

— Мы летим! — закричал Котелков и ткнул в бок Морковкина. — Ты видел?

— Угу, — прошептал тот заворожённо.

«Дед-мороз-экспресс» летел над вечерней землёй. Высоко в небе сияли крупные декабрьские звёзды. Где-то внизу мелькали огоньки деревень, а вдалеке, как ёлочные гирлянды, сверкали яркие огни большого города.

— Как ты думаешь, это Великий Устюг или Вологда? — шепнул Котелков.

— Не знаю, — ответил Морковкин. — Главное, мы едем в Новый год!

Оглавление

Литературно-художественное издание
Для младшего школьного возраста

Усачев Андрей Алексеевич

ШКОЛА СНЕГОВИКОВ

Сказочная повесть

Художник Е. Здорнова

Автор образов В. Чижиков

Ответственный редактор А. А. МАЛЬКО
Художественный редактор М. В. ПАНКОВА
Технический редактор А. С. ДОБРЫНИНА
Корректор Л. А. ЛАЗАРЕВА
Верстка С. А. ПТИЦЫНОЙ

Подписано в печать 10.07.18. Формат 70×90 $^{1}/_{16}$. Бумага офсетная.
Печать офсетная. Усл. печ. л. 9,36. ID 35152. Заказ № 1810440.

ООО «РОСМЭН».
Почтовый адрес: 127018, г. Москва, ул. Октябрьская, д. 4, корп. 2.
Тел.: (495) 933-71-30.
Юридический адрес: 117465, г. Москва, ул. Генерала Тюленева, д. 29, корп. 1.

Наши клиенты и оптовые покупатели могут оформить заказ, получить опережающую информацию о планах выхода изданий и перспективных проектах в Интернете по адресу: ***www.rosman.ru***

Дата изготовления: август 2018 г.
Отпечатано в России.

ЕАС

В соответствии с Федеральным законом № 436-ФЗ
от 29 декабря 2010 года маркируется знаком 0+

arvato BERTELSMANN

Отпечатано в полном соответствии с качеством предоставленного электронного оригинал-макета в ООО «Ярославский полиграфический комбинат»
150049, Ярославль, ул. Свободы, 97

Усачев, Андрей Алексеевич.

У743 Школа снеговиков : сказочная повесть / А. А. Усачев; худож. Е. Здорнова. — М. : РОСМЭН, 2018. — 128 с. : ил.

Далеко на севере, то ли в Архангельской, то ли в Вологодской области, есть невидимая деревня Дедморозовка. Там живут Дед Мороз, его внучка Снегурочка и их помощники — снеговики и снегови́чки, которые учатся в специальной школе, попадают в веселые ситуации и мечтают о том, чтобы на Новый год дедушка взял их с собой развозить детям подарки.

ISBN 978-5-353-08889-9

УДК 821.161.1-34-93
ББК 84(2Рос=Рус)6